수학여행

어르신 이야기책 _214 중간글

수학여행

초판 1쇄 발행일 2023년 2월 20일

지은이　김택근
그린이　김영희
펴낸이　이원중

펴낸곳 지성사　출판등록일 1993년 12월 9일　등록번호　제10-916호
주소 (03458) 서울시 은평구 진흥로 68, 2층
전화 (02) 335-5494　팩스 (02) 335-5496
홈페이지 www.jisungsa.co.kr　이메일 jisungsa@hanmail.net

ⓒ 김택근 · 김영희, 2023

ISBN　978-89-7889-520-0 (03810)

잘못된 책은 바꾸어 드립니다. 책값은 뒤표지에 있습니다.

어르신 이야기책 _214 중간글

수학여행

김택근 글 · 김영희 그림

지성사

차례

마지막 방학

병태 아버지는 끝내 서 마지기 밭을 팔았습니다.
병태 형 병철이의 학비를 대주고 하숙비를 마련하려면
어쩔 수 없었습니다.

병철이는 그해 전주에 있는 고등학교에 입학했습니다.
좋은 학교에 들어갔다고 모두 부러워했습니다.

하지만 병철이 뒷바라지를 하는 데는 많은 돈이
들어갔습니다.

병태 아버지가 처음 밭을 팔자고 했을 때 어머니는 펄쩍
뛰었습니다. 어머니가 가장 아끼는 기름진 밭이었습니다.
해마다 고추, 고구마, 감자, 콩, 깨, 옥수수 등을 심었습니다.

병태도 병철이도 이 밭에서 나오는 작물을 먹고
자랐습니다.

어머니는 생각할수록 억장이 무너졌습니다.

"이제 어찌 산다요?"

어머니가 혼잣말처럼 물었습니다.

여름 방학이 끝나갈 무렵, 읍내에서 병철이를 전주행
버스에 태워 보내고 돌아오는 길이었습니다.

"산 입에 거미줄 치겠는가. 그놈 뒷바라지하는 것을
운명이라고 생각해야지."

"우리 집에 입이 몇 개인데……. 뭘 먹고 살라고."

"허허 이 사람, 뭔 수가 있겠지……. 세상에서 자식
농사가 제일 중한 것 아닌가."

두 사람은 한참 동안 말없이 걷기만 했습니다. 그날따라
고갯길을 오르는데 병태 아버지 숨소리가 유난히 거칠게
들려왔습니다.

고갯마루에 이르자 아버지가 먼저 쉬어 가자고 했습니다.

아버지는 길가 바위에 앉아 땀을 닦았습니다. 밀짚모자를 벗어 연신 부채질을 했습니다.

곁에서 이를 지켜보던 어머니 눈에 아버지의 주름살이 크게 들어왔습니다. 예전의 남편 모습이 아니었습니다.

"병태 놈은 어딜 쏘다녀서 제 형 배웅도 안 하는 것이여. 아무래도 병태는 형 따라가려면 멀었어. 차라리 기술이나 배우는 게 낫지, 원……"

어머니는 아버지의 끝말이 왠지 마음에 걸렸습니다.

"그래도 제 할 일은 다 합디다. 공부도 그만하면
잘하는 편이고. 제 형한테 치여서 그렇지."

"학교에서 중간 가는 것이 뭐가 잘한다고. 우리 형편에
두 놈 다 가르치는 것은 무리여. 하나라도 제대로
가르쳐야지."

"아니 자식 농사가 중하다면서, 누구는 자식이고
누구는 자식 아니요. 형 가르칠라고 학교를 그만두라고
해요? 난 말 못 해요. 중학생 된 지 몇 달이나 됐다고."

그러자 병태 아버지는 아무 말도 못 하고 하늘만
쳐다봤습니다.

따져보면 병태는 새 옷 하나 제대로 입지 못했습니다.
무엇이든 형의 것을 물려받았습니다.

읍내 중학교에 들어갔지만, 입학식에 식구 누구도
참석하지 않았습니다. 모두 형의 입학식을 보러 전주로
몰려갔기 때문입니다.

그래도 병태는 아무렇지도 않았습니다. 형은 형이고
병태는 병태였습니다.

아침밥을 먹고 놀러 나가려는데 어머니가 불러

앉혔습니다.

"어딜 그렇게 쏘다니냐? 이제 집안을 살펴야지. 형이

전주에 있으니 너라도 집안을 챙겨야지. 괭이질도 배우고,

논물도 보고, 꼴도 베고……. 아버지도 늘 젊은 것이

아니여."

어머니의 갑작스러운 다그침이 의아했습니다.

"그렇게 공부만 하라고 하시더니 무슨 말씀인가요?
괭이라도 들라치면 그까짓 괭이질 배워서 뭣에 쓰냐고
하시더니 무슨 말씀이신가요? 배워서 남 주냐고, 배워야
산다고 하시더니 무슨 말씀인가요?"

병태는 반은 어머니를 놀리면서 말대꾸를 했습니다.
듣고 있던 어머니 얼굴이 점점 굳어지더니 갑자기
소리를 질렀습니다.

"이놈아, 하라면 해. 요즘 같으면 못 살겠다. 학교도
그만둬. 그놈의 학교 다니면 뭐 할라고. 기술이나
배우지."

표정이나 말투가 평소와는 달랐습니다. 어머니는
머릿수건을 고쳐 쓰더니 부엌으로 들어가 버렸습니다.

병태는 순간 무언가 이상하다 느꼈습니다. 친구들과
어울려 놀면서도 어머니의 말이 귓전에서 떠나지
않았습니다.

다음 날, 어머니는 언제나처럼 밭에 나갔습니다. 저녁
찬거리로 고구마순을 뜯었습니다.

가을 끝쯤에서 이 고구마만 캐고 나면 남의
밭이었습니다. 도무지 실감이 나지 않았습니다.

‘평생 우리 것인 줄 알았는데. 이 땅을 얼마나 공들여

일구었는데. 흘린 땀이 얼마이며 닳아 없어진 호미가 몇

자루여…….’

그런 생각이 들자 땅이 자꾸 꺼지는 것 같았습니다.

가난이 원수였습니다. 엊저녁부터 밥을 먹지 않는

병태가 마음에 걸렸습니다.

그때 병태가 불쑥 나타났습니다. 볼이 잔뜩 부어

있었습니다.

“어머니, 학교 그만두라는 말 참말이여?”

어머니는 아무 말도 안 했습니다. 고구마순만
잘랐습니다.

"참말이냐고? 왜 말을 못 해. 형은 전주에 보내고 나는
그만두라니. 나는 뭐여, 뭐냐고!"

병태가 악을 썼지만, 어머니는 아무 대답을 안 했습니다.

"용돈 한번 줘봤어? 새 옷 한번 사줬어? 나한테 해준
게 뭐냐고?"

그래도 어머니는 잠자코 있었습니다.

"우리 어머니 맞어? 그럴라면 뭣 하러 낳았냐고."

그 말에 어머니가 벌떡 일어나 병태에게 다가왔습니다.
병태는 그대로 있었습니다. 할 말이 많아서 거리낄 것이
없었습니다. 어머니는 대뜸 병태의 허리끈을 잡더니
밭 아래로 끌고 갔습니다.

"이놈아! 그려, 니놈은 내 새끼가 아니라 그런다.
이놈아, 오늘 너랑 나랑 죽자. 이놈의 서러운 세상
죽어버리자."

어머니는 병태를 밭 아래 방죽으로 끌고 갔습니다.
그러더니 다짜고짜 방죽 속으로 들어갔습니다.

　　손을 뿌리치려 해도 그날따라 어머니의 힘은 무섭도록

강했습니다.

　　병태를 데리고 방죽 한가운데로 들어갔습니다. 거침이

없었습니다. 방죽 가운데는 어른 키보다 훨씬 깊었습니다.

　　병태는 무서웠습니다. 자신은 얼마든지 헤엄쳐 나올 수

있었지만, 어머니는 정말 죽으려 작정한 것 같았습니다.

　　"어머니, 왜 그래? 내가 잘못했어. 더 들어가면 죽어.

이렇게 빌게. 나 학교 안 갈게. 학교 절대 안 갈 거야.

제발 어머니."

어머니는 멈춰 서서 병태를 바라보더니 허리끈을
놓아주었습니다. 그러고는 다시 혼자서 깊은 곳으로
들어갔습니다.

"어머니, 정신 차려. 제발, 제발 죽지 말아요. 어머니
죽으면 나도 죽을 판이여."

이번에는 병태가 어머니의 허리를 붙잡아 끌며 엉엉
울었습니다.

이윽고 어머니가 멈춰 서더니 참았던 눈물을
쏟아냈습니다. 손으로 물을 내리치다 가슴을 치고,
가슴을 치다 물을 내리쳤습니다.

방학이 끝났습니다.

개학 날이 밝아 병태도 학교에 갔습니다. 담임선생이
환한 미소를 머금으며 교실로 들어왔습니다.

"잘 놀았지. 얼굴들이 새까맣구나. 자 이제 열심히
공부하자."

선생님이 출석부를 열고 이름을 막 부르려 할
때였습니다. 병태가 자리에서 일어나 뚜벅뚜벅 앞으로
걸어 나갔습니다.

일순 교실이 조용해졌습니다.

"선생님, 저 학교 그만 다닐랍니다. 일이 생겨서…….
그간 고마웠습니다. 그럼 가볼랍니다."

선생님을 쳐다볼 수 없었습니다. 눈물이 나올 것
같았거든요. 병태는 얼른 밖으로 나와 버렸습니다.

아이들이 교실 창문으로 떠나는 병태를 지켜봤습니다.
병태는 뒤돌아보지 않았습니다. 이를 악물고 운동장을
빠져나왔습니다.

그날, 병태는 울지 않았습니다.

수
학
여
행

국민(초등)학교 6학년 봄이었습니다. 종례 시간에
선생님이 기쁜 소식을 전해주었습니다.

"이번 수학여행은 서울로 간다."

처음에는 서로 얼굴을 쳐다보던 아이들은 이내 함성을
지르며 발을 굴렀습니다.

선생님도 평소의 근엄한 표정이 아니었습니다. 얼굴에
웃음이 가득했습니다.

서울은 꼭 한번 가보고 싶은 곳이었습니다. 아직 기차를 타보지 못한 아이들도 많았습니다. 작은 읍이 술렁거렸습니다.

아이들은 신이 났지만 어른들 표정은 그리 밝지 않았습니다. 수학여행 비용이 만만치 않았습니다.

선생님은 날마다 수학여행 갈 사람은 손을 들어보라고 했습니다. 그런데도 손을 드는 아이는 좀처럼 불어나지 않았습니다. 선생님 표정이 어두워졌습니다.

"수학여행"

남조는 유독 집안 형편이 어려웠습니다. 돈 벌러
객지에 나간 아버지는 소식이 없고, 어머니가 홀로
아이들을 키웠습니다.

남조도 수학여행이 가고 싶었습니다. 하지만 수학여행
얘기만 나오면 어머니는 한숨을 내쉬었습니다.

남조는 일찍 일어나 물을 긷고 마당도 쓸었습니다.
학교 공부가 끝나면 곧장 집으로 달려와 텃밭에 물을
주고, 방 청소도 했습니다.

어머니는 이를 모른 체했습니다.

하루는 마당을 쓰는 남조를 물끄러미 바라보던
어머니가 갑자기 남조에게 달려가 빗자루를 뺏어
들었습니다. 빗자루로 남조의 볼기를 때렸습니다.

"이놈아, 시키지도 않는 일을 왜 하냐."

남조는 그 자리에 서서 피하지 않고 매를 맞았습니다.

어머니는 빗자루를 내동댕이치고 울음을 터뜨렸습니다.
남조도 덩달아 울어버렸습니다.

방 안에 있던 동생들도 방문을 열고 따라 울었습니다.

남조는 끝내 수학여행비를 내지 못했습니다. 반 아이들 중에 반쯤은 열차에 오르지 못했습니다. 다른 반 사정도 비슷했습니다. 가는 사람도 마음이 아팠습니다.

수학여행을 떠나는 날, 선생님은 한 사람이라도 더 태우려고 대합실을 서성거리며 아이들을 기다렸습니다.

전세 낸 기차가 빨리 타라고 기적을 울렸습니다. 수학여행을 못 가는 아이들은 어둠 저편에서 떠나가는 열차를 지켜봤습니다.

모두들 가난했던 시절의 이야기입니다.

서울은 사람도, 건물도, 차도 너무너무 많았습니다.

서울은 서울이었고, 촌놈은 촌놈이었습니다.

여행길에 별일이 많았습니다.

선생님은 길을 걸을 때는 손을 잡으라고 일렀습니다.

그런데도 친구 한 명을 잃어버려 큰 소동이 벌어졌습니다.

동물원을 구경하고 나와서 인원을 점검해 보니,

선엽이가 보이지 않았습니다. 난리가 났지요.

모두 주저앉아 선엽이가 오기만을 기다렸습니다.

선생님도 어쩔 줄 몰라 했습니다. 그러나 아무리
기다려도 선엽이는 오지 않았습니다.

해는 지고 배가 고파왔습니다. 할 수 없이 모두 숙소로
돌아가기로 했습니다.

선생님이 팔을 걷어붙이며 불같이 화를 내셨습니다.

"이놈, 오기만 해봐. 가만두지 않겠다."

저녁을 먹을 때도 온통 친구 생각뿐이었습니다. 갑자기 서울이 무서워졌습니다. 누구도 장난을 치거나 떠들지 않았습니다.

밤이 제법 깊어졌을 때 누군가 소리쳤습니다.

"선엽이 왔다!"

정말 그토록 기다렸던 친구가 나타났습니다.

선엽이는 경찰차에 실려 왔습니다. 얼마나 울었는지 눈이 부었고, 얼굴에는 온통 땟국물 자국 범벅이었습니다.

녀석은 백열등 밑에서 고개를 숙이고 서 있었습니다.

우리는 큰 소리로 선생님을 불렀습니다. 선생님은 굳은
얼굴로 녀석에게 다가갔습니다. 우리 모두 숨을
죽였지요.

그러자 선생님은 선엽이를 말없이 껴안고 밥은 먹었냐고
묻더군요. 그랬더니 녀석이 엉엉 우는 거예요.

우리도 녀석이 그렇게 미웠는데 막상 펑펑 우니까
마음이 이상해졌습니다.

어떤 아이는 자다가 배앓이를 했고, 어떤 아이는 버스

안에서 멀미를 했습니다.

서울에서 먹었던 단무지를 잊을 수가 없습니다. 집에서

엄마가 만든 단무지는 쪼글쪼글하고 맛이 좀 떫었는데,

서울 단무지는 무지 달고 보기도 좋았습니다.

단무지 색깔이 개나리꽃보다 더 노랬습니다. 역시

서울 것은 달랐습니다.

무에 물을 들여서 그리 노랗게 변했다는 것은

나중에 알았습니다.

여러 이야기가 많지만, 용산 과자공장에서 있었던
일은 잊을 수가 없습니다.

과자공장이라서 단내가 물씬 풍겼습니다. 2층인가 3층에
올라가자 탁 트인 작업장이 나타났습니다. 학교 운동장보다
더 큰 작업장에 엄청나게 큰 기계가 굉음을 울리며
돌아갔습니다. 귀가 먹먹했습니다. 모두 입을 딱 벌렸지요.

기계 속에서는 사탕들이 쉴 새 없이 쏟아져 나왔습니다.
직원들은 똑같은 옷을 입고 사탕을 싸거나, 봉지에
담았습니다. 거의 우리네 누나 또래였습니다. 손놀림이
얼마나 빠른지 장갑 낀 손이 보이지 않을 정도였습니다.

사탕
사탕

누나들은 우리를 보자, 하던 일을 멈추고 갑자기

촌뜨기들에게 다가왔습니다.

그러고는 다짜고짜 주머니마다 가득가득 과자를

채워줬습니다. 뒷주머니, 앞주머니, 윗주머니……. 심지어

쓰고 있는 모자를 벗겨 그 안에도 과자와 사탕을

넣어주었지요.

나중에 꺼내서 보니 그때 막 유행했던 풍선껌도

일곱 통이나 들어 있었습니다.

우리는 어리둥절했지요.

아폴로
쵸코맛과자
LOTTE
JUICY&FRESH

그러나 이내 누나들의 마음을 알 것 같았습니다. 우리 촌놈들을 보고 고향 생각이 났을 겁니다. 누나들도 촌에서 올라왔으니까요.

우리는 사탕과 과자들을 한두 개 먹는 시늉만 하고 모두 가방 속에 넣었습니다. 집에 가서 부모님께 드리고, 동생들과도 나눠 먹으려고요.

집으로 돌아가는 밤 열차에서 자꾸 누나들 생각이 났습니다.

없이 살던 시절, 학교에도 못 가고 누나들은 돈 벌러 서울로 올라왔겠지요.

과자와 껌이 들어 있는 가방을 끌어안고 창밖을 보니까만 유리창에 식구들 얼굴이 떠올랐습니다. 며칠 떨어져 있지 않았지만 보고 싶었습니다.

우리에게 과자를 나눠 주던 그 누나들도 지금 우리별 어딘가에서 살고 계시겠지요.

참, 그때 수학여행을 가지 못한 아이들은 집에서 무엇을 했을까요. 그때는 차마 물어보지 못했거든요.

엄마를 조르던 남조는 얼마 후 그렇게 가고 싶었던 서울로 떠났답니다. 아무도 몰래 가출한 것입니다.

남조 어머니의 울음이 마을을 덮었습니다.